AF507207

EL ALEGATO

Diego Díaz

EL ALEGATO

EDITORIAL
Letra Minúscula

Primera edición: septiembre de 2022
ISBN: 978-84-19538-13-0
Copyright © 2022 Diego Díaz Fernández
Editado por Editorial Letra Minúscula
www.letraminuscula.com
contacto@letraminuscula.com

A los que empiezan, a los que empezarán y a los
que temen empezar.

Todo Nobel ha sido, algún día, un novel.

Alguien en mi lugar podría pensar que aquel día estaba en el sitio equivocado, en el momento equivocado. Pero yo no lo creo. En mi conciencia siempre permanecerá la intención de ayudar a esa mujer, la tranquilidad de haber hecho lo correcto. Sea cual sea el veredicto que dictéis vosotros, eso no va a cambiar. Y lo que han hecho algunos de los aquí presentes, tampoco.

La presentación del caso es bien sencilla. Se me acusa de haber matado a una mujer y después enterrarla bajo el paseo de madera de la playa.

Hay sólo un testigo, y ni siquiera es del asesinato, de eso no hay nada. Quizás se me acusa porque la intuición de los investigadores se ha creído suficiente para inculparme. Incluso por encima de las pruebas, muchas de ellas aún por aclarar. Ese único testigo dice haber visto cómo yo la enterraba con una pala. Asegura que me vio llegar al lugar con ella en brazos, dejarla sobre el paseo, luego hacer un hoyo en la arena rápidamente, meterla allí y tapar el agujero echando de nuevo la arena encima.

Hasta ahí es lo que hay en cuanto a presenciar el asesinato, o más bien, presenciar el ocultamiento del cuerpo.

El resto de lo que aquí se expuso han sido testimonios de gente que, en su mayoría, me conoce o ha oído hablar de mí. Algunos se limitan a corroborar que han estado conmigo esa tarde. Otros dicen haberme visto durante el día por la zona, cosa que no aporta mucho, ya que es evidente que estuve todo el día en el pueblo. Y hasta cuatro personas declaran saber que la víctima y yo nos habíamos visto o habíamos estado juntos esa misma mañana. Y yo mismo he declarado, y lo reafirmo de nuevo, ser quien estaba a las 20:52 con la pala en la mano en el lugar donde apareció Lorena.

Mirad, yo me encuentro en la zona media de la pirámide social. Pero en la media de verdad. No como esa gente que gana 1.200€, tiene una hipoteca a 20 años y apenas 20.000€ en el banco. En esa situación no se vive mal. Pueden cenar fuera a menudo, cambiar de coche cuando lo necesitan e irse de vacaciones a medio mundo. Pero no son clase media. No lo son porque al menor contratiempo se puede desmoronar todo. Yo, en cambio, sí soy clase media. Y esta situación social y económica en la que me encuentro me convierte en el asesino más improbable de todos.

Si por suerte alguno de vosotros se halla en esta misma zona, podrá entender que yo no pude hacerlo. Nadie en mi posición lo haría. Mirad, no ha sido fácil decidir si exponía esto en mi última intervención. Causar arrogancia en estos momentos puede perjudicarme, pero creo importante que me entendáis en este aspecto. No envidio, y nunca lo hice, a los famosos. Ni a esos ricos de la lista Forbes. Ni a los que mandan o a los que dirigen grandes compañías. Tienen muchísimo dinero. Tanto que se permiten no llevar un duro en el bolsillo. Tienen todo lo que se puede comprar. El problema es que son conocidos allá por donde van y envidiados por una mayoría. Y eso trae problemas e incomodidades en el día a día, para mí, inaceptables. Sólo pensar en que muchos llevan guardaespaldas ya me parece una angustia continua. Yo, en cambio, vivo sin esos miedos y permitiéndome todo tipo de lujos. Lo que yo considero lujos, claro.

Desde niño vivo en una casa grande. Primero, la de mis padres y, luego, la mía propia. Desde los 25 años. Cuando decidí que me mudaba a la casa que mis padres me habían ayudado a elegir. Y digo bien a elegir, porque es lo único que hice. De pagarla no tuve que preocuparme. Tengo mujer y tres hijos. Tienen salud, yo también, y son guapos como soles. No puedo pedir más. Irán al colegio que prefiramos y estudiarán lo que quieran, no va a haber problema por eso tampoco. Trabajo en lo que me gusta, pero podría no hacerlo. De hecho, cada cierto tiempo me tomo unas semanas sabáticas. Disfruto de la familia, viajo, me relajo y luego vuelvo cuando estoy más fresco y me apetece. Podría no trabajar más y vivir de rentas. Gracias a mi familia, tengo propiedades en el pueblo y en la ciudad que me generan ingresos más que suficientes. Y la herencia aún sin recibir, que será un gran pellizco. Nadie en estas condiciones arriesgaría lo más mínimo por perder este tipo de vida. Es más, me considero un cobarde funcional. Ante cualquier situación que huela a problema, por pequeño que sea, escapo sin dudarlo. Y reconozco un punto egoísta, dicho sea de paso bastante generalizado en nuestros tiempos, a la hora de mirar mis intereses. Sinceramente, y aunque suene mal, el que pueda que se zafe. Yo a lo mío. Y a aprovechar la vida que me ha tocado.

Con todo esto, lo que quiero que entendáis es que no hay razón posible, o al menos no la encuentro, para que alguien como yo se plantee matar. No niego que se pueden dar situaciones críticas, como una pelea de tráfico o una mala noche de bebida que se descontrola. En ese caso, casi cualquiera podría verse en un problema y tomar una mala decisión. No es imposible. Pero no es, ni de lejos, lo que ha pasado aquí.

En mi opinión, estamos ante alguien que nos conoce bien a los dos. Alguien que conoce bien el pueblo, las rutinas que tenemos todos y, en especial, las de Lorena y mías. También parece claro que no es un arrebato de locura, ya que no hay siquiera pistas o huellas por ningún sitio. O eso, al menos, es lo que nos dice la investigación. Y, además, es algo planificado. Bien planificado. Hasta el punto de intentar matar dos pájaros de un tiro. El día que sucede, el sitio donde sucede, la hora, la persona que pasa por allí. Todo encaja para que quien esté aquí sentado sea yo.

Lorena y yo hemos sido muy amigos. La relación siempre ha sido buena, desde que coincidimos en la pandilla por amigos comunes. Luego estudiamos cosas distintas y dejamos de tener contacto un tiempo. Quizás sólo cuatro o cinco años. Al poco de terminar, ya empezamos a trabajar y volvimos a coincidir por temas laborales. Yo me incorporé a la empresa familiar nada más acabar la carrera y ella, junto con su marido, creó la suya propia. Para entonces, yo ya me había casado también, con mi novia de siempre.

En ese aspecto, el sentimental, estoy seguro de que durante el juicio quedó eliminada hasta la más mínima duda. Y eso que la insistencia de la acusación en el tema, con preguntas de todo tipo que no quiero recordar, consiguió sacarme de quicio. Y consiguieron convencer, al menos por un tiempo, a algunos de vosotros. Se nota bien cuando alguien empieza a creerse un chisme. Y este era un gran chisme, digno de ser creído y comentado. Menos mal que, gracias a tanto hurgar, la realidad salió a la luz. Y los testigos iban desmintiendo cada una de las fantasías que les proponían sobre nosotros. Así que, en definitiva, tanta pregunta sí que ha servido para constatar que nuestra relación nunca ha sido amorosa. Familia, amigos y vecinos de ambos, todos saben que sólo fuimos muy buenos amigos. Y así lo han reconocido aquí.

Algo que también se trató en el juicio y que no quiero ocultar, ni siquiera en esta última intervención, es mi relación actual con Lorena. La de los últimos meses o, quizás, un año. Ya visteis que respondí a incontables preguntas sobre ello, sin esquivar ninguna. Porque para mí no hay problema alguno en explicar un bache en una relación entre amigos. Y para no repetir todo lo que se dijo estos días sobre el tema, sólo voy a recordar lo principal. Y lo principal es que no hubo celos, envidias, amenazas, nada de eso. Es más, cuando me pidieron que lo explicara yo mismo, no fui capaz del todo. ¿No os ha pasado nunca que os distanciáis de alguien sin saber el motivo? Creo que a todos nos ha pasado eso alguna vez. Y, es más, si tratáis de buscar un porqué, no lo vais a encontrar. Y os vais a liar con cosas que, casi con toda seguridad, no tienen nada que ver con la razón real. Porque la razón real no es ninguna. Son cosas que pasan sin más. Igual que conoces a alguien sin esperarlo, por pura casualidad, también te distancias sin explicación. Pues eso es un poco lo que nos pasó a nosotros. De repente, no sé si por agotamiento de tanto vernos, o por aburrimiento el uno del otro, quisimos darle algo de distancia a la relación de amistad tan estrecha que habíamos tenido. Como digo yo siempre, es este tipo de situaciones que pasan a diario, pero si tratas de contarlas o de buscarle un motivo, te lías de tal manera que queda una sensación muy extraña.

Por eso no deseo que nadie se vea en esta situación. Saberse inocente, sufrir por la persona que han asesinado, desear que aparezca el culpable y tener que defenderse de la manera que me han obligado a mí no es fácil de digerir. Al mínimo error, ante cualquier situación dudosa, ante un testigo verdadero o falso que hable en contra, te puedes ver condenado de por vida.

Este es, sin duda, el mayor reto al que me he enfrentado nunca. Y es un reto para el pueblo entero, para la sociedad. El hecho de tener jurado popular hace que se implique todo el mundo, que cada uno de nosotros, no sólo los que habéis sido elegidos para decidir sobre mí, sino que todos tenemos responsabilidad en esto. Y la decisión que se os está pidiendo es compleja. Y lo digo tirando de empatía y poniéndome en vuestro lugar.

Este juicio es un claro ejemplo del todo o nada. A vosotros se os ha presentado un crimen y un sospechoso de haberlo cometido. Sólo uno. Nada más. Sin alternativa. O, mejor dicho, con una alternativa poco agradable. Si yo no resulto culpable, habría un asesino en la calle. Probablemente viviendo entre nosotros. Este razonamiento lo hago desde un punto de vista distinto al mío. Sé bien que, pase lo que pase aquí, el asesino va a seguir en la calle. Así que, visto desde mi perspectiva, la situación aún es más preocupante.

Este es un pueblo pequeño y, tal como sucedió todo, el que lo hizo nos conocía a mí y a ella. O el que lo mandó hacer, claro. Pero al final es lo mismo, tendríamos de vecino a alguien capaz de matar o de encargar matar. El caso tendría que reabrirse y volver a empezar de cero. Eso si la familia de la víctima pelea por ello, si no, igual se aparca hasta que prescriba. Ya ha pasado otras veces.

Como dije en algún momento del juicio, soy aficionado al *true crime*. Es como le llaman a las series y documentales sobre asesinatos reales. Presentan el suceso, exponen las pistas e indicios, resumen alguno de los interrogatorios, describen las conclusiones a las que va llegando la policía y, al final, el veredicto o la captura del delincuente, según sea cada caso.

La primera vez que hablé aquí sobre ello fue cuando me preguntaron por qué estaba tan tranquilo. Y fue lo que primero me salió responder, ya que era la realidad. Pues que estaba tranquilo porque yo no lo había hecho y, además, por ser un gran aficionado al *true crime*. Lo cual me daba herramientas para averiguar quién pudo haber sido, por qué lo habría hecho y por qué habría tendido esa trampa a alguien. Y si ese alguien era aleatorio o era yo en concreto. Además, también reconocí que estos fueron mis primeros pensamientos en la playa, incluso antes de entrar en shock por la muerte en sí de Lorena.

Ante la falta de evidencias reales contra mí, también se quiso dar relevancia a este hecho. El equipo de psicólogos de parte que emitieron el informe sostiene que ese comportamiento es anómalo. Por suerte, y ya les felicité en su día por ello, jamás se ha visto ninguno en situación similar. Para entenderlo, basta con situarse mentalmente frente a una persona tumbada, inconsciente y con abundante sangre. ¿Cuántos de vosotros pisaríais el charco de sangre y le tomaríais el pulso? Y en caso de hacerlo, ¿no pensaríais en que vuestras huellas iban a quedar allí? Con toda seguridad, sí. De hecho, los que ni siquiera se acercaran al cuerpo, estoy seguro de que su principal motivación sería el reparo a dejar pistas. Vete tú a saber si luego montan una historia y me señalan. Pues sí, esta es la condición humana. Priorizar. El tipo ya está muerto, no voy a salvarlo y aún encima igual me busco un problema.

Pero volviendo a lo que estaba diciendo, tras esos primeros pensamientos, entré en shock. Eso fue lo siguiente, al cabo de unas horas del suceso, y no fue nada leve. Me salí de la burbuja de pensamientos sobre el posible culpable, el móvil y demás para entrar en un estado de incredulidad absoluto. No era capaz de asumir lo que había pasado. O, mejor dicho, no era capaz de asumir que aquello le hubiera pasado a ella. A Lorena. A una persona como ella. Que le quedaba aún otra media vida para hacer el resto de lo que soñaba hacer. Y no era poco. La mayoría de los aquí presentes sabéis que, casi con toda seguridad, iba a ser la próxima alcaldesa. De hecho, aún no había sido nombrada lideresa de su partido y ya la gente sabía que ganaría las elecciones. Ese tipo de cosas es a lo que me refiero. Lorena tenía un don para ser alguien importante en la vida. Más que eso, diría que era trascendente. Sabía influir en la gente en positivo. A todos les gustaba lo que hacía ella. No sé si lo estoy explicando bien, pero no es alguien de quien sea fácil prescindir. Incluso estando medio enemistados, como estábamos los últimos meses, no es nada fácil asumir que ya no está. Que eso no se puede arreglar.

Lo que sí se puede arreglar es este despropósito en el que me han metido algunos. Y no sólo para salvarme yo, debería arreglarse para protegeros a vosotros y al resto del pueblo. Y para darle una explicación real y un culpable real a la familia de Lorena.

Sin extenderme mucho, y aunque ya lo repasé en detalle últimamente, quisiera recordaros lo que hice el día de los hechos.

Como siempre, me levanté temprano. Era día laborable y sobre las 8:00 ya estaba trabajando. Hice llamadas, alguna visita a clientes y a eso de las 11:30 me vi con Lorena. Vino a mi despacho a traerme facturas y charlamos de posibles trabajos. Aunque la situación entre nosotros había cambiado, seguía viniendo a hablar conmigo en persona. El carácter de ella era así. Nunca había dejado de dar la cara ante cualquier problema, y menos conmigo. La reunión no era fluida como tiempo atrás, ni se alargaba y acabábamos tomando el café. Eso fueron otros tiempos. Pero lo que había que hablar se hablaba. Y así lo hicimos. Ese día era miércoles, casi final de mes. Me trajo dos facturas, las revisé un poco por encima y luego me comentó de una chica que quería hacer un trabajo. No me dio más señas, ya que le dejó mi número y quedó de llamarme. También me habló de una inspección de trabajo que tuvo en su empresa y me alertó de que igual venían a la mía también. Como me estaban llamando al móvil mientras hablábamos, llegó un punto en que ya cortamos. Acordamos vernos la siguiente semana y se fue. Seguí en la oficina metiendo nóminas, dado que era fin de mes, y haciendo algún presupuesto. Hasta las 14:00, más o menos. Luego fui a recoger a los niños y a las 14:30 estaba en casa.

Ese día estaba la comida hecha. Habían venido mi suegra y mi madre, ya que iban a quedarse por la tarde con los niños mientras yo iba a ver la final del torneo de tenis al club. Solíamos ver los partidos importantes en la cafetería del club de tenis, y este lo era. Lo habitual es que las finales sean un domingo, pero se había ido aplazando por mal tiempo y la pusieron para ese miércoles. El partido empezaba a las 17:00 y el club me queda a cinco minutos de casa, así que aún me eché una pequeña siesta. Mi mujer no estaba, ya que iba a trabajar esa tarde, llegaría sobre las 22:00, pero los niños estaban bien con las abuelas y aproveché para descansar un rato por si se alargaba el partido. A las 16:45 salí de casa. Pasé a recoger a un compañero del club y llegamos un poco antes de que empezara. El partido se alargó bastante, duró algo más de tres horas. Estuve todo el rato allí, excepto un momento en que fui a casa a coger ropa para salir a correr cuando acabara la final. Suelo salir algo más tarde, a las 21:30, pero ese día pensé en llegar a tiempo para estar con mi mujer y las abuelas, que se habían quedado con los niños, y la ocasión lo merecía.

El partido acabó pasadas las 20:00, me despedí de los compañeros y fui al coche a cambiarme. El club de tenis está en la misma playa, así que mi ruta iba a ser el paseo marítimo. La idea era ejercitarme durante una hora, más o menos, para volver a casa a tiempo de ducharme y cenar cuando llegara mi mujer.

Llevaba un rato corriendo y apenas me había cruzado con nadie. Debió de ser porque el partido acababa de terminar y, como ya saben todos, aquí hay mucha afición al tenis. Supuse que la mayoría de las personas que hacen deporte a esas horas se habrían quedado a comentar el partido en los bares o en las casas, total poco faltaba para la hora de cenar, y que dejaban la hora de ejercicio para otro día. No suelo hacer eso. Me gusta ver deporte, sobre todo tenis y fútbol, pero seguir mis rutinas igualmente. Aunque es cierto que ese día no había llevado la ropa porque no pensaba salir, con la emoción del partido me fueron entrando ganas de sudar un poco y cambié de idea. Por eso volví a casa durante del partido.

Ante la ausencia de gente, los ruidos se intensifican. El mar parece romper con más fuerza, las tablas del paseo crujen a cada zancada, ese tipo de cosas. Pero en medio de esos ruidos, uno más suave pero más extraño me llamó la atención. Parecía una mujer pidiendo auxilio. Me detuve para oírlo mejor. Miré alrededor y no vi a nadie próximo. A lo lejos, unos chicos jugando en la orilla que casi ni se escuchaban, la marea estaba algo baja y el agua quedaba alejada del paseo. Los pocos chiringuitos que empezaban a abrir en aquella época no estaban en ese tramo, alguno ya había cerrado tras el partido y hacía rato que había dejado atrás los que quedaban abiertos. Poco tardé en darme cuenta de que el sonido parecía lejano, pero estaba cerca. Salí del paseo para mirar por debajo y ya, al instante, vi lo que había. Quien lo hizo pretendía que se descubriera esa misma tarde. La arena estaba movida, se notaba mucho, e incluso había una pala allí mismo.

El que crea que puede imaginar lo que piensa alguien en esa situación que me lo diga a la cara sin sonrojarse. Nadie puede saber qué se le pasa a uno por la cabeza. Lo único que puedo decir yo de ese momento es que hice lo correcto. Haber pasado de largo habría sido una opción. Sobre todo, en mi posición de clase media que ya he explicado aquí. Haber hecho como que no oí nada, seguir corriendo en dirección al coche, cambiarme de ropa y a casa. A esperar las noticias del día siguiente.

Por suerte, no hice eso. Aunque reconozco que lo pensé. En cuestión de segundos pensé varias cosas, pero sólo recuerdo con claridad las dos opciones entre las que tomé una última y rápida decisión. Y escogí la que me ha traído hasta este banquillo.

Comencé este alegato asegurando que hice lo correcto, y lo mantengo. Estoy más tranquilo aquí, si es que se puede estar tranquilo ante esta situación, que en mi casa sabiendo que hui del paseo sin intentar ayudar a una persona que pedía auxilio bajo tierra.

Y alguno pensará que es imposible gritar estando enterrado. Que es evidente. Que era evidente en aquel momento. Pero se equivocan otra vez. No hay ingeniero ni físico que sea capaz de anteponer sus conocimientos a un sonido tan real y tan dramático. Cualquiera, una vez tomada la decisión de no huir, hubiera intentado sacar la arena para saber qué estaba pasando. Y eso fue lo que hice.

Mirad, desconozco hasta qué punto os preparan para poder tomar la mejor decisión. No sé si os informan sobre el código penal, sus principios y demás. No tengo ni idea de cuál es vuestro nivel de conocimiento de las leyes. Pero no me importa, no me hace falta. La situación es la siguiente. Y voy a hacer un ejercicio de síntesis con lenguaje que todos entendemos, para no enredar con palabras técnicas que no vamos a comprender.

Aquí hay una opción en la que vosotros decidís que yo maté a Lorena y la enterré bajo el paseo de la playa. En ese caso, me enviáis a la cárcel para el resto de mis días. Como yo no he sido, se generan tres injusticias. Cada cual más grave. Hay un inocente condenado de por vida, un culpable que no ha sido condenado y un asesino merodeando entre vosotros con una altísima probabilidad de reincidir. Si no conocéis las estadísticas, yo os las digo. Aquel que mata y no lo pillan lo vuelve a hacer.

La otra opción es que me declaréis inocente. Se generan, en este caso, dos injusticias. Yo le llamo injusticias, pero podéis llamarle problemas o situaciones indeseables. En este caso, como decía, son dos. El asesino no ha sido culpado y, además, está en la calle, con lo que podría volver a cometer un crimen. Aunque las probabilidades son menores que en la situación anterior, ya que se abriría de nuevo la investigación y andaría con más miedo a que lo pillaran esa supuesta segunda vez.

Creo que reflexionar sobre esto es importante. Y quisiera añadir un detalle no menor. Incluso si en la segunda opción, en la que me declaráis inocente, yo hubiera cometido el crimen, estaríamos sólo ante dos injusticias. Y lo explico. Igualmente tendríamos un asesino no condenado, y ese mismo estaría en la calle con probabilidades de reincidir. Estaríamos, en todo caso, ante dos problemas. Nunca ante tres, como en la opción primera, en que me condenáis a mí.

Creedme que me pongo en vuestro lugar, que lo he hecho todos estos días, y reconozco que no es fácil tomar una decisión con los indicios que hay. Con las pocas pruebas que hay. Y con la nefasta investigación que se llevó a cabo. Si estuviera ahí sentado, lo que quisiera es un montón de pistas que señalaran con claridad al asesino. Pruebas de ADN, huellas de algún calzado característico, testimonios creíbles del suceso, ese tipo de evidencias. Por desgracia, de eso no tenemos nada. No tenéis nada.

Y si me preguntáis quién lo hizo, no tengo la respuesta. Por muchas vueltas que le dé, aún no sé quién lo hizo. Si lo supiera y tuviera pruebas, habría ido a la policía hace tiempo. Pero sí hay alguien que lo sabe. O que podría llevar a los investigadores hasta el culpable. El testigo principal, del que os iba a hablar ahora.

Siguiendo con lo sucedido ese día, recuerdo que apenas había quitado tres o cuatro paladas de arena cuando se me acercó corriendo por la playa el testigo. Corriendo y gritando que no siguiera, que qué había hecho. Se me puso a mi lado, con sus perros, y observó sin decir nada más. No le hice mucho caso, seguí intentando sacar arena lo más rápido posible. En ese momento, poco me importaba que alguien me increpara, y menos este personaje que muchos conocemos. Dejar la pala para explicarle que iba a intentar sacar a la persona que pedía auxilio, o que parecía pedirlo, no era una opción. Ni se me pasó por la cabeza perder un segundo en esa bobada. Y ni siquiera hubo tiempo para decidir si hacerlo o no. En pocos segundos, encontré la farsa. Y por desgracia no fue una farsa completa. Ojalá hubiera sido nada más una grabadora enterrada en la playa. Sin más. Una broma macabra, pero sólo eso. La realidad fue que no. Había también un cuerpo allí debajo, y no emitía señal alguna de vida. Ya sin esperanza, acabé de quitar toda la arena que pude hasta poder tomarle el pulso. Y el resto creo que lo sabéis de sobra.

Este pueblo es un lugar privilegiado. Tiene costa y montaña. Zonas deportivas, de ocio variado, y una buena agenda cultural. Colegios y guarderías públicos y privados. Hay actividad económica, con la pesca y el marisqueo, con la ganadería tradicional, con los viñedos que se ven desde la playa. A sólo diez minutos, la ciudad. Donde está el resto de cosas que se pueden necesitar. Es otro mundo, con estrés, ruido, contaminación.

Vivir aquí también podría ser un privilegio. Un lujo al alcance de pocos. El lugar deseado para llevar una vida tranquila y, a la vez, satisfactoria. Pero ya sabemos que las cosas no funcionan tan bien como deberían. La de veces que lo habremos hablado Lorena y yo, entre café y café. Casi siempre llegábamos a la misma conclusión. El problema es la actitud. La actitud de alguna gente. Y no hace falta que sea gente poderosa. En un pueblo pequeño, la manera de comportarse de cada uno, de enfrentar el día a día, importa mucho. Cada individuo condiciona la vida del resto. La sensación de bienestar o de malestar que tenemos todos se genera a partir de lo que hacemos unos y otros. En la ciudad no se nota, allí son hormiguitas y poco importa si alguno no se implica, el resto compensa de sobra la falta. O si hay disputas en un barrio, en el resto casi seguro que ni se enteran. Pero aquí sí nos enteramos de todo. Algunas veces hasta lo pretendemos. Pero aun intentando no enterarte, al final lo acabas sabiendo todo. Y sí que importa lo que haga cada individuo, cada familia. Importa mucho.

Un ejemplo claro soy yo, ahora mismo. Bueno, en realidad todos, por la situación en que nos encontramos a raíz del suceso. La primera perjudicada fue Lorena, por culpa de una actitud envidiosa de quien la haya matado. Envidiosa o, simplemente, malévola. No se sabe cuál ha sido la motivación para acabar con ella. Luego, el siguiente perjudicado directo soy yo. Que me encuentro a un paso de la cárcel, por culpa de algunos, como el testigo de dudosa reputación o, y esto también lo quiero recalcar, los investigadores del caso. Si es que se pueden llamar así, porque lo que es investigar, más bien, poco. La actitud de estos fue, desde mi punto de vista, penosa. Les dio tanta pereza abrir el abanico de posibilidades que me quedé yo como único sospechoso, con lo que eso significa para todos. Creo que lo acabo de exponer con claridad, pero se resume en injusticia e inseguridad. Pues esto se lo debemos a nuestros más próximos servidores. Aquellos que deben darnos protección, ante los que nos quieren hacer la vida más difícil. Es lamentable y bastante preocupante que no se pueda confiar en policía, guardia civil y el resto del personal que debe garantizar la justicia en nuestro pueblo. En esta ocasión, han fallado de manera estrepitosa. Y nos han fallado a todos, no sólo a mí o a Lorena. A todos. Han contribuido a que vivir aquí sea un poco peor todavía. Y aunque se podría revertir la situación, si decidís absolverme y obligar a que se empiece de nuevo, la sensación de que las cosas funcionan mal ya será difícil de cambiar.

La gente adulta, en general, quiere certezas. Seamos sinceros, todos queremos sentirnos seguros en nuestro entorno. Cuando hay un robo en el barrio, desde alguien que atraca a un vendedor hasta el típico que le tira del bolso a una señora, la gente se pone tensa. Esperan con ansia la noticia de que lo han detenido, así como también esperan que lo castiguen una buena temporada. No quiero entrar a debatir la duración de las penas según qué delito se cometa, eso daría para unas cuantas sesiones más. Sólo quiero reflexionar, y que lo hagáis vosotros conmigo, sobre la sensación de seguridad que todos necesitamos. Sobre todo en el lugar que vivimos, nosotros y nuestra familia. Hay una gran diferencia entre encontrarse a los dos días con el mismo delincuente, y tardar en verlo unos meses. Y aún más, si al cabo de ese tiempo lo encontramos más bien relajado y percibimos que no tiene ganas de quedar ese período recluido. Tampoco quiero entrar a valorar la necesidad o no de castigar en el trato físico a un delincuente, se abriría un debate bastante polémico. Y no es el momento ni el lugar. Pero lo que no tiene duda es que bien se nota cuando un mangante de esos anda a buscar jaleo, y cuando anda civilizado. Yo prefiero lo segundo. Y me temo que la mayoría, también. Pero para eso hay que tener unas normas claras. Y, además, gente al frente de las instituciones con ideas firmes y con la determinación suficiente para castigar a los malos, y para dar a los buenos tranquilidad y seguridad.

Mirad, desde que fui señalado para sentarme aquí, he estado dándole vueltas a muchas cosas. Y una de ellas es la investigación. La manera en que se habrá investigado este caso. Los pasos que han dado los responsables del mismo. Y, después de las evidencias aquí mostradas, después de escuchar el relato que se ha montado para explicar este suceso y de las conclusiones a las que pretenden llegar los técnicos, no se me va de la cabeza una comparación. Hasta he soñado con ella más de una vez. Y es la comparación de cómo se ha investigado este caso y cómo se debería haber investigado. Y os pongo los dos ejemplos que se me vienen a menudo a la mente.

EJEMPLO 1

A ver, tenemos a este tío al que vieron enterrando a la víctima. Aunque luego hizo el amago de que la desenterraba y encontraba el cuerpo y todo el rollo. Tiene relación con ella, estaban enemistados, la pala era suya... Seguro que se traían algo entre manos, alguna disputa de poder o algún asunto de empresas, algo así. O de política. Ella andaba metida y él se dice que quería entrar. Tiene toda la pinta de que fue él, si no, para qué iba a estar allí con la pala aquel día. Menuda casualidad. Acusado y a juicio. A ver qué opina el jurado popular.

EJEMPLO 2

Tenemos varias cosas que investigar. Hay que ver la relación actual del tipo que encontró a la víctima, tuvieron problemas en algún momento y estaban enemistados. Aunque es mucha casualidad que la haya encontrado él, pero tampoco es tan improbable, el pueblo es pequeño. Y, además, la opción de que fuera una trampa está ahí, no es normal que la pala fuese suya, marcada con el logo de la empresa y todo. Hay que seguir por el marido de ella, clientes y proveedores de su empresa con algún indicio de descontento, y los habituales de la zona. Hay que repasar a los delincuentes que estaban en libertad en esas fechas, condicional o total. Y hay que estar encima del testigo. Esa persona tiene varias cosas que aclararnos. Y me da la sensación de que alguien pudo negociar cosas con él. Como que ese día a esa hora estuviera por allí, cuando no suele hacerlo, a cambio de algo. No parece alguien difícil de comprar.

La diferencia entre ambas formas de investigar es notable. Y, a poco que se conozca el personal que tenemos en comisaría, ya nos imaginamos cuál se aproxima más a la realidad, por desgracia. Y digo por desgracia, no sólo para mí, sino para todos. Quiero insistir en esto. El que un elemento de la sociedad funcione mal no debe importar sólo a quien perjudica de manera puntual. Debería importarnos a todos, porque tarde o temprano le tocará sufrir a otro la injusticia. Y esto es así, pero tampoco quería entrar demasiado en política ni en maneras de entender la sociedad. Cada uno tiene su opinión y es respetable.

Lo que sí quiero es hablaros del único testigo. Nuestro vecino Coti. La categoría de testigo que se le ha otorgado es uno de los errores de este juicio. Quizás sea el principal error. Puede ser muchas cosas Coti. En el pueblo hay distintas opiniones sobre él. Pero lo que no es, seguro, es un testigo fortuito. Que es lo que yo entiendo por testigo.

Cuando atropellan a alguien, los testigos son los viandantes que estaban allí. O la señora que miraba por la ventana en ese momento. Pero en todo caso, es gente que estaba allí porque suele estar allí a esas horas.

Una casualidad es que a uno le coincida presenciar un suceso en su rutina diaria. Lo que no es una casualidad es que le coincida un suceso y, además, justo se encuentre en un lugar distinto al habitual de su rutina. Eso ya son dos casualidades. Cosa difícil de que suceda.

Pues en este caso tenemos algo similar. Una extrañísima doble casualidad. O incluso triple. O más, diría que múltiple. Porque resulta que Coti, ese atardecer, paseaba por un lugar poco habitual para él. Muchos sabéis que no le gusta la playa. Y lo hacía a la hora que suele estar recogido en casa, dado que cena temprano y luego ya no se le ve hasta el día siguiente, bien temprano, eso sí. Además, llevaba sus perros. Los habituales, más un flamante pastor belga. Y presencia un ocultamiento de cuerpo, en un lugar donde jamás había sucedido cosa parecida. Todo ello, y ya perdí la cuenta de las casualidades que se juntaron, divisado con sus primeras gafas, tras media vida sin ver un burro a cuatro pasos. Cuanto menos, diría que ha sido un momento estelar para Coti. Un día de esos que hacen que la vida valga la pena. Sobre todo, una vida como la de Coti. Coti, de cotizante, por si alguien en la sala no lo sabe. Tampoco tiene mucha importancia, pero quería aclararlo para que nadie se descentre de lo que pretendo exponer pensando el motivo de ese apodo.

Y ahora quiero que os imaginéis algo. Imaginaos no trabajar. Ni en casa ni por cuenta ajena. Ni siquiera haberlo hecho nunca. Imaginaos no tener familia, ni amigos ni vecinos cercanos. Y, de repente, un día sucede todo eso. Lo de la pala, luego el cuerpo que aparece. Todo eso, en medio de una vida donde se ha perdido la cuenta del tiempo. Yo, de verdad lo digo, puedo entender que se haya inventado el resto de la historia. Y que haya querido venir aquí a contarla. Incluso, diría más, podría entender que alguien le propusiera algo y él aceptara. Algo así como ir a un sitio a una hora indicada y contar algo predeterminado. Es sencillo de entender, no implica mancharse las manos, le queda cerca de casa, todo son facilidades. Y con una compensación por hacerlo, claro. Es entendible. Además, su carácter y sus características mentales le hacen un tipo muy seguro de cara a un interrogatorio. Si alguien no te va a fallar es Coti. Y si a alguien no le van a agobiar a preguntas es a él. Sería una falta de sensibilidad muy grande. En definitiva, es perfecto como compinche. Se conforma con poco a cambio, y sabes que nunca te va a descubrir.

Es una pena la vida que lleva Coti. Con la esperanza de ser alguien, o de hacer algo de provecho, perdida desde hace años. Es el tipo de persona que necesita ayuda, pero nadie se la ofrece. Recuerdo hablar con Lorena de esta gente y de cuál sería la solución. Yo lo tengo claro, y así se lo decía a ella. Si de mí dependiera, nadie se iba a quedar esperando a morir de pena. En un pueblo tiene que haber sitio para todos y una función para cada individuo. Los que trabajan, los que emprenden, los niños, los jubilados, todos tienen que aportar y recibir cosas. Y aunque ella tenía otras prioridades, sé que en el fondo también hubiese ayudado a personas como Coti y a otros colectivos desfavorecidos en caso de que llegara a ser alcaldesa.

Como ya hice durante el juicio, y lo vuelvo a hacer ahora, quiero defender a Coti. Defenderlo en el sentido de no darle culpabilidad alguna en los hechos. No creo que sea culpable de ayudar a cometer el crimen, ni siquiera le daría categoría de cómplice. Lo que sí creo que se debería haber hecho es investigar un poco mejor la situación en que se vio metido Coti esa tarde. Y aunque se haya querido respetar su privacidad, pienso que hay formas de hacerlo y, al mismo tiempo, averiguar qué hay detrás de todas esas casualidades.

Y también me falta por recordaros lo que ya declaré sobre la tarde que desaparece Lorena. Bueno, que entre que desaparece y la encuentro yo en la playa no pasa mucho rato. Pero vamos, que me refiero a esa tarde. Esa que ella dedicaba a desconectar de todo, por eso estaba sola. O eso se supone. Y que desde que acababa de comer hasta la hora de cenar no solía estar con nadie.

Una de las acusaciones hacia mí es que sabía esa rutina, entonces pude planear algo. Y ya dije que yo no era el único que sabía eso. Llevaba tiempo haciéndolo, como vía de escape al estrés del trabajo, y más gente la había visto sola justo ese día de la semana. En el monte paseando, en el muelle leyendo, en la zona de viñedos o en los miradores. Con lo sociable que era ella, bastaría con encontrarla dos o tres veces para darse cuenta de que era su tarde a solas. Así que mucha otra gente lo sabía y, probablemente, quien lo hizo era uno de ellos.

Una vez que me señalan a mí de ser el único que conoce esto, ya sólo falta sacar un hueco para ir a buscarla y matarla. Entonces, por suerte, tienen esos cinco minutos en que voy a casa a por la ropa de correr. Y convierten cinco minutos en casi media hora, para que me dé tiempo a hacer no saben muy bien lo qué ni cómo.

Resulta que en mi casa no saben a qué hora fui, porque la ropa la tengo en el garaje y ya no subí a decir a las abuelas nada. Estarían más que ocupadas con los niños, pensé, y no era plan de interrumpir, total para decirles que me iba otra vez. Pues eso también es otro indicio de que igual no pasé por casa. Así van ganando minutos poco a poco. No saben ni dónde la encontré ni cómo lo hice. Sólo saben que tuve que hacerlo yo en ese lapso de tiempo. Se preguntó a socios del club sobre el tiempo que creen que me ausenté. Ninguno sabe decir cuánto tiempo estuve fuera, pero varios incluso ni saben que me marché a casa. Entonces no será que tardé tanto. Hasta me dejé el móvil allí olvidado, señal de que el recado duraría lo mismo que una visita al baño para mear. Incluso ese detalle se utilizó para formar un indicio de premeditación. Eso, más el hecho de llevar ese día mi coche antiguo, les hizo concluir a los grandes expertos del caso que quise ocultar mi ubicación en ese rato.

Como dije antes, y sin menospreciar a nadie, el cuerpo de agentes que llevó la investigación no estuvo a la altura. Por lo que sea. Por falta de formación, por falta de experiencia en situaciones similares, por presiones de resolverlo cuanto antes, o por todo junto. Y lo digo porque si yo sé que en el pueblo sólo hay una antena, ellos deberían saberlo también. Y si sólo hay una antena, no importa mucho si me llevo el móvil o no. No van a obtener gran información analizando eso. Es de primero de investigador. Pero, por lo visto, no muchos aquí han pasado de ese primer curso.

El problema es que, por ese cúmulo de errores, o de falta de interés o ya no sé ni cómo llamarlo, me estoy jugando el cuello ante vosotros. A una carta. A cara o cruz. Siendo culpable o no, la situación es ésta. Basta con que mis abogados tengan una mala tarde, o que un testigo diga que vio lo que no vio, o que yo mismo, por nervios o por lo que sea, no demuestre ser inocente, para que me metan veinte o treinta años en la cárcel. Y lo único que podría ganar de todo esto es ser absuelto, es decir, recuperar lo que ya tenía. La libertad.

Mirad, todos tenemos sueños. Cosas que aportar y cosas por conseguir. Incluso el mismo Coti y sus iguales podrían hacerlo. Cada uno tiene un sitio en la sociedad. Y como dije en algún momento, cada uno en un pueblo como éste cuenta mucho más que en otro lugar. Pero para ello hay que tener libertad para hacer lo que uno se propone. Y hay que tener el apoyo para hacerlo. Y quienes no quieren, o han perdido la esperanza de querer hacer algo, necesitan gente arriba que les ayude. Y quienes se hayan equivocado también merecen otra oportunidad. Alguien debe confiar en ellos para que lo hagan mejor la próxima vez. Que se les explique la importancia de cada uno de nosotros. La importancia de que todo funcione bien. Para dar bienestar y para dar seguridad a la gente. Y yo me incluyo en aportar lo mejor de mí. Desde aquí, desde esta complicada posición, quiero dejar bien claro que haré todo lo que pueda, desde el lugar que me toque, para que eso sea así. Empezando por buscar una mejor solución a todo esto. Igual que yo propongo dar segundas oportunidades a quienes hayan fallado, o a quienes hayan perdido las ganas de trabajar o de sumar cosas a la sociedad, también pido no bajar la guillotina sobre uno de nosotros sin estar seguros al ciento uno por ciento. Es algo que no tendría solución y que sería muy injusto. Y para injusticia, ya nos llegó con la muerte de Lorena.

www.ingramcontent.com/pod-product-compliance
Lightning Source LLC
Chambersburg PA
CBHW022001170726
47994CB00021B/1693